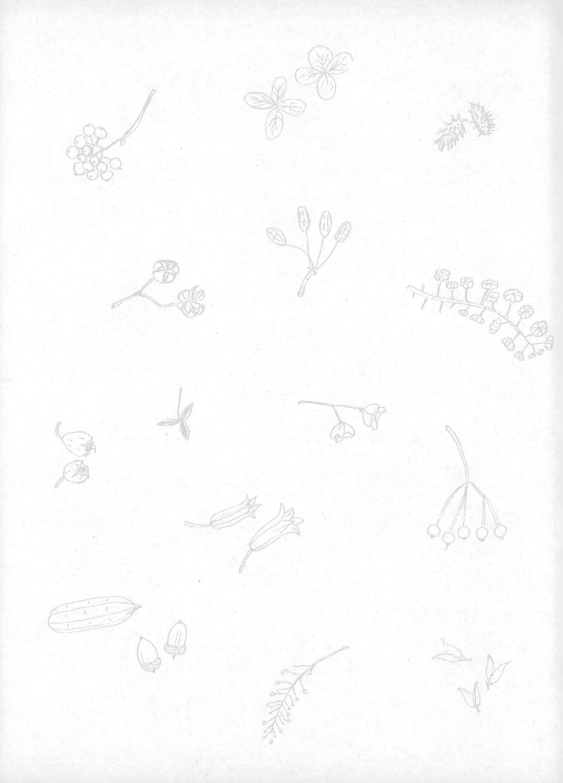

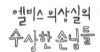

ⓒ 최향랑 2018

2018년 10월 8일 1판 1쇄

글 그림 최향랑 | **편집** 김태희, 장슬기, 나고은, 김아름 | **디자인** Studio Marzan 김성미
제작 박흥기 | **마케팅** 이병규, 양현범, 이장열 | **인쇄** 천일문화사 | **제책** J&D바인텍
펴낸이 강맑실 | **펴낸곳** (주)사계절출판사 | **등록** 제406-2003-034호 | **주소** (우)10881 경기도 파주시 회동길 252
전화 031) 955-8588, 8558 | **전송** 마케팅부 031)955-8595 편집부 031)955-8596
홈페이지 www.sakyejul.net | **전자우편** skj@sakyejul.co.kr
블로그 skjmail.blog.me | **페이스북** facebook.com/sakyejul | **트위터** twitter.com/sakyejul

값은 뒤표지에 적혀 있습니다. 잘못 만든 책은 구입하신 서점에서 바꾸어 드립니다.
사계절출판사는 성장의 의미를 생각합니다. 사계절출판사는 독자 여러분의 의견에 늘 귀 기울이고 있습니다.
이 책은 저작권법에 따라 보호받는 저작물이므로 무단전재와 무단복제를 금합니다.
ISBN 979-11-6094-371-9 04810 | ISBN 979-11-6094-372-6 (세트)
이 도서의 국립중앙도서관 출판예정도서목록(CIP)은 서지정보유통지원시스템 홈페이지(http://seoji.nl.go.kr)와
국가자료공동목록시스템(http://www.nl.go.kr/kolisnet)에서 이용하실 수 있습니다.(CIP제어번호: CIP2018030308)
★ 이 책에는 아모레퍼시픽의 아리따 글꼴이 쓰였습니다.

최향랑, 쓰고 그리고 만들고 찍다

사□계절

서울 동쪽 변두리 조용한 아파트 8층. 한때 화가였던 나는 고객들의 패션 고민, 몸매 고민, 인생 고민을 해결해 주는 실력을 인정받아 이곳에서 〈믿기 어렵겠지만, 엘비스 의상실〉을 수년간 성공리에 운영해 오고 있다. 미어캣 조수 미자, 미미와 함께. 가만히 살펴보면 우리 주변의 평범해 보이는 사람들 중에는 본래 모습을 감추고 사는 사람들이 제법 있다. 믿기 어렵겠지만, 예를 들면 자신이 너구리임을 감추고 사는 사람, 고양이 혹은 나무늘보라는 사실을 숨기고 있는 사람, 심지어는 주전자나 의자인 사람도 있다.

옷을 맞추러 온 사람들을 요모조모 뜯어보고 치수를 재다 보면 나는 자연스레 그들의 정체를 알게 된다. 그러나 믿기 어려운 이러한 사실을 집짓 모른 척하며 믿어 주고 이야기를 들어 주는 것이 엘비스 의상실의 미덕이라면 미덕이고 성공 비결이다.

한동안, 개구리 닮은 사람한테 의상실 주소가 적힌 명함을 받았다며 씨앗 모습을 한 손님들이 찾아왔었다. 개구리를 닮은 사람은 다름 아닌 나의 개구리 씨이다. 나는 이 씨앗 손님들을 개구리 씨가 남긴 사진에서 본 듯도 하다. 믿기 어렵겠지만, 나는 개구리 씨와 10년간 셰어하우스를 하다가 개구리 씨가 세상을 떠나면서 이 집을 물려받아 의상실을 열었다.

이 작업 노트에는 무심한 듯 의상실을 알리고 다녔던 개구리 씨를 통해 나를 찾아온 씨앗 손님들의 고민과 엘비스 의상실의 패션 처방이 담겨 있다. 나는 개구리 씨를 추억하면서 이 작업 노트를 완성했다. 개구리 씨와 씨앗 사람들의 만남을 되새겨 보면서.

주문자	상남 씨	나이	26세
고민	낭만을 몰라도 너무 모름		
의상명	하나씩 낭만을 배워 가는 옷		

지나친 상남자
상남 씨

※ 의상실 소개해 준 사람
- - - - - - - - - - - - - - - - -

맨투맨 티만 입는
같은 과 친구

외동아들 상남 씨는 남중, 남고 출신으로 여학생 보기 어렵다는 공대를 다니다
군대까지 다녀와 복학했다. 남자들 사이에 있으면 마냥 편하고 털털한 사람이지만
여학생이 한 명이라도 끼어 있으면 자신도 모르게 얼어붙곤 했다. 그래서 그럴 때면
괜히 더 세 보이려고 애를 썼다.

어쩌다 맘먹고 용기를 내서 새내기 후배 여학생들에게 "오늘 오빠가 밥 살게!" 하고
큰소리치면 후배들은 까르르 웃으며 자기들끼리 팔짱을 끼고 오리 떼처럼 우르르
도망을 가곤 했다.

상남 씨는 후배들의 이런 반응이 도무지 이해가 안 되고 야속했다. 겉으로는 껄껄
웃었지만 그게 또 아무렇지 않은 것은 아니어서 은근히 스트레스를 받았다.

사실 여학생들과 친해지고 싶고, 캠퍼스의 다정한 커플들을 보면 부러워 죽을
지경이었다. 그러나 여자들을 어떻게 대해야 할지 어떻게 이해해야 할지 갈수록
첩첩산중이더니 급기야는 여자가 두렵기까지 했다.

여자 친구가 있는 남자들을 보면 "여자 핸드백이나 들어 주는 노예 같은 놈들!"
하면서 마구 비웃었지만 속은 더 헛헛할 뿐이었다.

문득 옷장을 열어 보니 깔깔이에 야상에 온통 국방색 밀리터리룩뿐이었다.
자신이 생각해도 문제가 좀 있다 싶었지만 뭘 어찌 해야 좋을지 막막하기만 했다.

그러던 차에 학교에서 맨투맨 티를 입은 —아마도 전과나 편입을 한 건지— 낯선 녀석
하나가 다가와 시험 범위를 묻더니 돌아서다 말고 명함을 건넸다.

서랍에는 온통
국방색 밀리터리룩뿐 ㅠㅠ

깔깔이 잠바

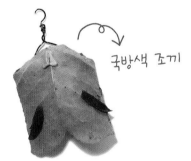

국방색 조끼

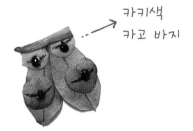

카키색
카고 바지

어 뜨거워!

커피는 원샷!

쩍벌은 기본!

어떡해 ㅠㅠ

심각하다.

낭만주의자의
베스트 아이템
'겨울연가'풍 목도리 추천

쌍엄지 척!

오오!

맛을 천천히 음미하며
차를 마신다든가
비록 아무 맛도 못 느낄지라도 ㅎㅎ)

가을에는
낙엽도 주워 보면서
하나씩 낭만을 배워 보자.
(허리가 좀 아프겠지만)

따뜻한 색의
니트 스웨터를 권함.

의상실에 찾아온 그에게 나는 먼저 밀리터리룩은 당분간 봉인하자고 했다.
그리고 갈색 니트 스웨터에 같은 색 계열의 코르덴 바지를 골라 줬다.
그다음 굉장히 부드러운 느낌의 흰색 뜨개 목도리를 매 주었다.
상남 씨는 어쩐지 마음이 보들보들해지는 것 같다고 했다. 입는 옷만 바꾸어도
그 안에 담기는 마음이 달라지기도 한다.
그렇게 입고 학교에 간 날 마침 바람이 불어 상남 씨의 발 앞에 유난히 예쁜 색의
나뭇잎이 떨어졌다. 예전 같으면 콱콱 밟고 지나갔을 터인데 어쩐지 주워 들어
자세히 보고 싶어졌다.
"그 나뭇잎 참 이쁘네요. 그거 감잎인 거 아세요? 감잎으로는 작은 지갑을 만들 수가
있어요. 오빠 기계과 복학생 맞죠? 오늘 되게 달라 보여요. 축제 때 물풍선 과녁 당번
하느라 물세례 엄청 맞았잖아요. 아무도 안 하려고 하는 거 계속 웃으며 하고 있어서
참 대단하다 생각했어요……."
아아, 상남 씨는 여자의 종알대는 말소리가 그렇게 음악처럼 아름다운 것인지
처음 알았다고 했다.

주문자	이병중	나이	중2
고민	래퍼가 되고 싶지만 부끄러움이 너무 많음		
의상명	마음속 열정을 밖으로 끌어내는 옷		

소심한 범생이 병중이

※ 의상실 소개해 준 사람

힙합하는 동네 형

힙합을 좋아하는 중2 병중이

중학교 2학년 병중이는 너무나도 내성적이어서 사람이 많은 곳에 들어서면 저절로
얼굴이 빨개진다. 하지만 사실은 힙합 마니아다. 이어폰을 귀에 꽂고 좋아하는 래퍼의
음악을 들을 때면 심장의 피가 비트에 맞춰 쿵쿵 흐르는 것 같다.

사람들은 모른다. 병중이가 얌전한 얼굴로 참고서에 고개를 처박고 이어폰을 귀에
꽂고 있는 그때, 속으로는 리듬을 타며 몸을 흔들면서 처음부터 끝까지 랩을 따라
부르고 있다는 것을.

그러나 병중이는 혼자 있을 때라면 모를까 소리 내어 랩을 한다든지 힙합 제스처를
하는 것이 너무 부끄럽다. 그러다 보니 마치 방귀쟁이 며느리가 방귀 참느라 얼굴이
노래지는 것처럼 마음이 늘 터질 듯 답답하다. 공부도 잘하지만 틈만 나면
랩 가사를 쓰곤 하는데 엄마는 병중이가 열심히 공부한다고만 생각하지 노래 가사를
연습장 구석에 휘갈기고 있는 줄은 꿈에도 모른다.

영어 학원이 끝나고 수학 과외를 받으러 가는 길에 병중이는 누군가와 어깨가
부딪혔다. 이어폰을 끼고 땅만 보고 걷느라 앞을 살피지 못한 것이다.

"엇, 죄송합니다." 하면서 올려다보니 스냅백을 쓴 형이 한 손으로 병중이 어깨를
잡더니 낮은 소리로 병중이의 귀에다 대고 읊조렸다.

"눈 똑바로 뜨고 다녀. 정신 똑바로 챙기고 다녀. 네가 진짜로 갈 길을 가.
네가 진짜로 할 일을 해."

뜻밖의 랩에 놀랐는지 속마음을 들킨 것이 부끄러웠는지 병중이는 귀까지 새빨개지며
그 자리에서 얼어붙었다. 얼음땡 놀이를 하듯 그 형은 병중이의 어깨를 툭 치더니
"Yo, Bro!" 하고는 손에 명함 하나를 쥐여 주고 긴 다리로 펄쩍펄쩍 리듬을 타며
멀어져 갔다.

뭐니 뭐니 해도 입었을 때
가장 맘 편한 건 교복
(왜? 안 튀니까.)

하지만 마음속은 늘 래퍼
(아으으, 넘 부끄럽다.)

사복을 입을 때도
또래 친구들이 교복처럼
입고 다니는 무난한 티셔츠와
후드 점바 같은 옷이 편하다.
튀는 옷은 용기가 안 나.

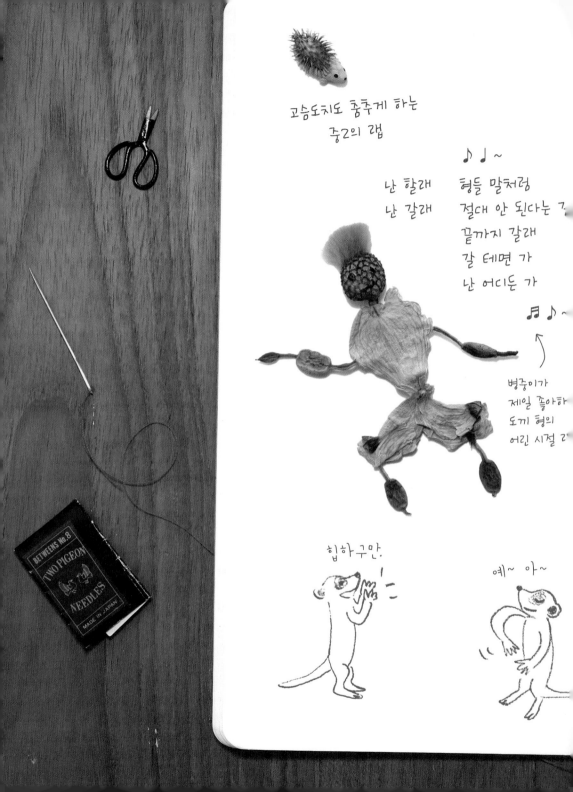

고슴도치도 춤추게 하는
중2의 랩

♪♩~

난 할래   형들 말처럼
난 갈래   절대 안 된다는 건
끝까지 갈래
갈 테면 가
난 어디든 가

♬♪~

↖

병중이가
제일 좋아하는
도끼 형의
어린 시절 ㄹ

힙하구만.

예~ 아~

☆ 멋스러운 힙합 패션 소품 ☆

스냅백은 기본

↳ 루즈핏 티셔츠

뒤로 쓰는 것이
좀 더 간지 나.

반다나도
폼 난다.

비니는
눈이 보일락 말락
푹 눌러쓰면
뭔가 있어 보인다.

수학여행을 앞두고 의상실에 찾아온 병중이를 설득해 나는 병중이가 연습장에 쓴
랩 가사들을 읽어 볼 수 있었다. 라임이 절묘하게 딱딱 맞아 떨어지는 데다 문학성에
재치도 있어 중2가 썼다고는 믿기지 않을 만큼 훌륭했다.
나는 병중이에게 힙합에 어울리는 헐렁한 티셔츠와 큰 사이즈의 바지를 입히고
머리도 옆을 면도질하고 가운데는 스프레이로 바짝 세워 힘을 주었다.
거울을 보여 주자 놀랍게도 병중이의 입에서는 속사포 같은 랩이 쏟아져 나왔다.
"너는 또 웃어 왜냐 물으니 자꾸 또 웃어. 내가 웃겨 왜 날 몰라보고 또 웃어. 실컷 웃어
아님 꺼져 내 속의 불꽃 터져."
물 흐르듯 멋진 플로우와 함께 자연스럽게 나오는 스웨그 넘치는 손동작에 나는 입이
떡 벌어졌다. 수학여행에서 돌아온 병중이는 학교 스타가 되었다고 한다.
열정과 실력은 차곡차곡 쌓이다 보면 언젠가는 밖으로 쏟아져 나올 수밖에 없다.

주문자	길인 씨	나이	30세
고민	허리가 길어도 너무 길어서 뭘 입어도 안 어울림		
의상명	어디가 허리인지는 내가 정한다, 트렌치코트		

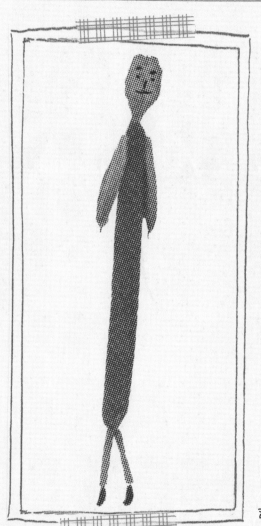

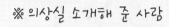

※ 의상실 소개해 준 사람

독서실에서 만난
공무원 시험 준비생

한눈에 봐도 길인 씨 ㅜㅜ

허리가 길어서 슬픈 길인 씨

인물 좋은 길인 씨는 허리가 몹시 길다.

"앉아 있을 때는 되게 커 보였는데 일어서니까 생각보다 안 크네?" 하는 소리를
세상에서 제일 싫어한다. 못생겨도 좋으니 다리만 길었으면 하고 바란 적도 있다.
대학 시절 잠깐 여자 친구를 사귀었을 때의 일이다. 같이 바지 사러 갔다가 푹 접어
올린 바짓단을 보고는 "어머! 반바지 하나 더 만들어도 되겠네!" 하는 소리에 한바탕
싸우고는 결국 헤어지고 말았다.

그러나 모든 것은 지난 일일 뿐. 꿈을 이룰 때까지 연애니 외모니 모두 잊고 길인 씨는
노량진 공시족 세계에서 고군분투하고 있다. 공시 학원 단과반은 한번 자리를 맡으면
2주 동안 고정석이라 집중 잘 되는 앞자리 번호표를 받기 위해 새벽 4시부터 전쟁 같은
줄 서기를 한다. 고생 끝에 맨 앞에 앉으면 어김없이 뒤에서 낮은 탄식 소리가 들려왔다.
"아 씨, 힘들게 자리 잡았는데 하필 기린이 내 앞에 앉다니!"
처음 그 말을 들었을 때는 마음이 오그라드는 것 같았지만 지금 남에 대한 배려나
예의 따위는 사치일 뿐, 애써 무신경해지려고 했다.

강의가 끝나면 근처 독서실에서 공부했는데 새로 들어온 파란 추리닝 수험생이
길인 씨의 신경을 자꾸만 건드렸다. 어찌나 코를 훌쩍대고 볼펜을 또각대고 꾸룩꾸룩
소리를 내는지 신경이 거슬려서 죽을 지경이다. 참다 못해 길인 씨는 쪽지를 썼다.
'코 훌쩍이고 목 가다듬는 소리 자제 부탁드립니다. 하나 더, 볼펜 또각거리는 소리도
조심해 주세요. 제발.'
파란 추리닝이 화장실에 간 사이 재빨리 쪽지를 놓고 오는데 효과가 있었는지
그 뒤로는 쥐 죽은 듯 조용했다.

오후 강의를 마치고 오자 길인 씨 자리에는 캔 커피 하나와 곱게 접은 쪽지가 있었다.
'제가 너무 시끄럽게 했나 봅니다. 미안합니다. 저는 벌써 여러 해째인데 이 생활도
그만 접어야겠다 싶네요. 님은 부디 시험 꼭 합격하시기 바랍니다.'
길인 씨는 울고 싶어졌다. 사람들에게 무신경하거나 혹은 예민하게 굴어야 자신을
지킬 수 있는 이곳 생활이 어서 끝났으면 했다. 아직도 온기가 남아 있는 캔 커피를
만지자 캔 바닥에 붙어 있던 명함 하나가 툭 떨어졌다.

가슴부터
엉덩이 위까지는
무조건 다 허리.
자신이 허리라고
믿고 싶은 부분에
벨트를 매 주면
거기가 허리.

빠져든다.
　빠져들어!

그럴싸한데.

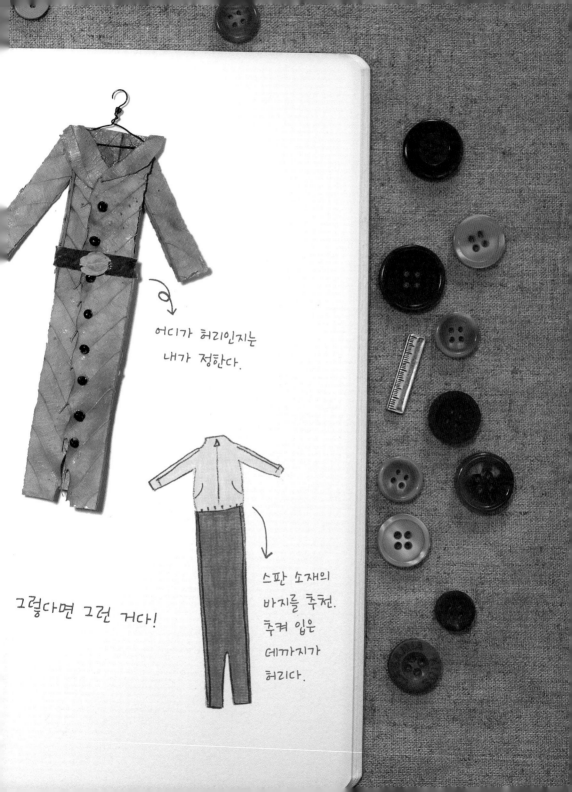

어디가 허리인지는
내가 정한다.

그렇다면 그런 거다!

스판 소재의
바지를 추천.
추켜 입은
데까지가
허리다.

길인 씨는 왠지 미안한 마음으로 그 명함을 오래 간직하고 있다가 노량진 생활을
청산하고 나서야 비로소 의상실에 찾아온 거라 했다. 그가 원하는 공무원이 된 건지
포기한 건지 나는 물어보지 않았다. 대신 길인 씨에게 카멜색 트렌치코트를 입혔다.
그리고 진짜 허리보다 제법 위에 벨트를 매 주었다. 허리라는 건 부위가 모호해서 가슴
바로 아래부터인지, 엉덩이 바로 윗부분인지 부르기 나름이라고 말했다. 길인 씨의
허리는 좀 윗부분에 있으니 그 아래는 다 다리라고도 말해 주었다. 길인 씨는 뛸 듯이
기뻐하며 외쳤다.
"그런 거군요, 그런 거였어!"
어깨를 쭉 펴고 의상실 문을 나가는 길인 씨에게 "하지만 영화를 볼 땐……." 하고
말하려는데
"안 그래도 늘 맨 뒤에 앉습니다!" 하며 그는 잘생긴 눈을 찡긋해 보였다.

주문자	민자인	나이	35세
고민	가슴이 너무 작아서 뽕브라만 입음		
의상명	있는 그대로를 사랑하자, 원피스		

뽕브라만 고집하는 민자인 씨

※ 의상실 소개해 준 사람

입이 크고 말이 없고
지루한 소개팅 남

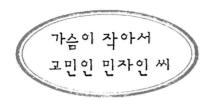

가슴이 작아서
고민인 민자인 씨

서른다섯 살 자인 씨는 뽕브라 신봉자다.

가슴이 납작한 것이 콤플렉스라 집 앞 슈퍼에 갈 때도 뽕브라는 필수다. 여름엔 땀띠가
나고 숨이 탁탁 막혀도 두툼한 스폰지 패드가 달려 있는 브라를 포기할 수가 없다.

이런 폭염에도 말이다, 젠장!

가뜩이나 마른 몸매에 가슴마저 밋밋하면 옷 태가 안 난다고 철석같이 믿고 있어서
외출할 때는 무조건 아이언맨이 장비를 착용하듯 자연스럽게 뽕브라를 장착한다.

오랫동안 해 왔어도 불편하고 답답한 것은 익숙해지지 않아 밖에 나갔다가 돌아오면
가장 먼저 하는 일은 브라를 벗어 던지는 것이다.

한번은 소개팅을 나갔는데 상대방이 어찌나 입이 큰지, 그 큰 입으로 차를 후룩후룩
마시는데 너무 별로라 빨리 집에 가고 싶은 생각뿐이었다.(빨리 가서 이 브라를 벗어
던지리라!)

말도 없고 무뚝뚝해서 침묵 속에 몇 마디를 주고받다 깜빡 잊은 약속이 생각났다며
어색하게 일어났다.

사건은 그때 일어났다. 하필 그날 끈 없는 뽕브라를 하고 나갔는데 흘러내려서 배에
식스팩처럼 투팩 뱃살이 생긴 것이다. 너무 당황스러워서 두 팔로 배를 감싸 안았는데
소개팅 남은 짐짓 모른 척 먼 산을 보며 테이블에 명함 한 장을 올려놓더니, "그럼
이만." 하고는 두 다리를 펄쩍거리며 먼저 나가는 것이 아닌가.

자인 씨는 화장실에 가서 브라를 원래 위치에 올려놓고 자리로 돌아왔다.

"어머머, 나 차인 거니? 세상에." 하며 테이블 위에 있던 명함을 들고 찾아온 거라
한다.

도토리
왕뽕브라

복자기 씨앗
벨벳 뽕브라

접시꽃 씨앗
주름레이스 뽕브라

입자니 덥고 답답하고
안 입자니
자존감이 하락하는 기분

천일홍 레이스 뽕브라

회양목잎 뽕브라
(끈 탈착 가능)

덥다 더워.
(백 년만의 폭염)

복자기 씨앗
뺑브라
답답해.

걱정 마, 언니. 우리가 버려 줄게.

아이 시원해!

무늬가 있거나
어두운 색의 윗도리,
상체 부분에
주름이 생기는 원피스를
입고 브래지어 없이
간단한 외출을
해 보자.

자유로워!

어두운 색의
붓꽃 씨앗 블라우스

품이 넉넉한
장미 티셔츠

나는 자인 씨에게 브라는 필수가 아니라 선택이라고 말해 주었다. 왜 그렇게 자신의 몸에 불친절하냐고, 생긴 그대로 내 몸을 사랑해 주자고 했다. 그러자 자인 씨는 속옷을 안 입는 것도 다른 사람들의 시선이 신경 쓰이고 도무지 용기가 나지 않는다고 했다.

거추장스러운 속옷을 벗어 버리는 데도 분명 연습이 필요하다. 나는 속옷을 안 입어도 티가 나지 않는 옷들을 추천해 주었다. 어두운 색, 무늬가 많은 옷, 주름이 많이 잡히는 옷……. 겨울에는 두꺼운 옷을 입으니 더욱 시도해 볼 만하다. 항상 입지 않는 것도 아니고 필요에 따라 걸쳐야 할 때만 걸치면 된다. 단지 편하게 지내고 싶은 날, 안 입고 싶은 날에는 내 몸을 가뿐하게 해 주자는 것일 뿐. 물론 마음도.

내가 주름이 풍성한 원피스를 만들어 주자 자인 씨는 거울 속의 자신을 이리저리 살펴보더니 너무 시원하고 좋다며, 이제는 용기를 내 보겠다고 웃었다.

주문자	아령 씨	나이	27세
고민	우락부락한 근육 때문에 센 언니로 보이는 것이 싫음		
의상명	내가 꺼내 보이고 싶은 매력을 보여 주는 옷		

※ 의상실 소개해 준 사람
- - - - - - - - - - - - - - - - - - -

자수 교실에서 만난
옆자리 수강생

운동 좋아하는 아령 씨

머슬 마니아 아령 씨

아령 씨는 여고 배구부에서 선수로 활약하다 체대를 졸업하고 초등학교 방과후학교
체육 교사로 일하고 있다. 운동하기에 거추장스럽지 않은 짧은 염색 커트 머리에
울끈불끈 근육질의 다부진 외모를 가진 그녀는 종종 남자로 오해받곤 한다. 여자
화장실에서 따가운 눈총을 받는 일은 익숙하지만, 외모만으로 지레 센 언니 취급을
받는 것은 늘 곤혹스럽다.
목소리마저 허스키한 듯 우렁찬 그녀가 무슨 말만 하면 다들 여장부에 걸크러시네,
하는데 사실과는 완전히 다르다.
그녀는 매우 섬세하고 여리며 쉽게 상처받는 성격의 소유자다. 자수 교실에 수업을
등록했는데 너무나 만족스럽다! 예쁜 자수를 놓아 아기자기한 물건 만드는 일은
늘 해 보고 싶은 일이었다.
아령 씨 옆자리에는 항상 준비물을 잘 안 갖고 와서 가위며 실이며 바늘을 소소히
빌려 가는 눈이 툭 튀어나온 아저씨가 앉는다. 한참 쪽가위를 찾고 있었는데 말도 없이
그 아저씨가 쓰고 있는 것을 보고 아령 씨는 은근히 부아가 났다. 하지만 마음이 약해
여러 번 망설이다 조심스레 말했다.
"제가 지금 이거 계속 찾고 있었는데."
생각보다 목소리가 크게 나와 당황했는데 그 아저씨는 흠칫 놀라 쪽가위를
떨어뜨리더니 부랴부랴 짐을 싸기 시작했다. 아령 씨가 안절부절못하며 쳐다보자
그 아저씨가 까딱 고개를 숙이더니 명함 한 장을 쓱 내밀고는 훌쩍 나가 버렸다.
눈이 통방울 같은 아저씨가 준 명함을 요리조리 뜯어보면서 몇 날 며칠 뒤척이다가
찾아왔다고 했다.

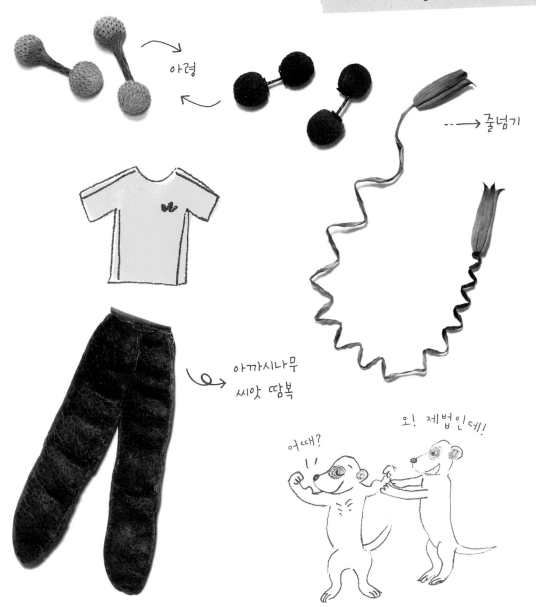

아령

줄넘기

아까시나무
씨앗 땅복

오! 제법인데!

어때?

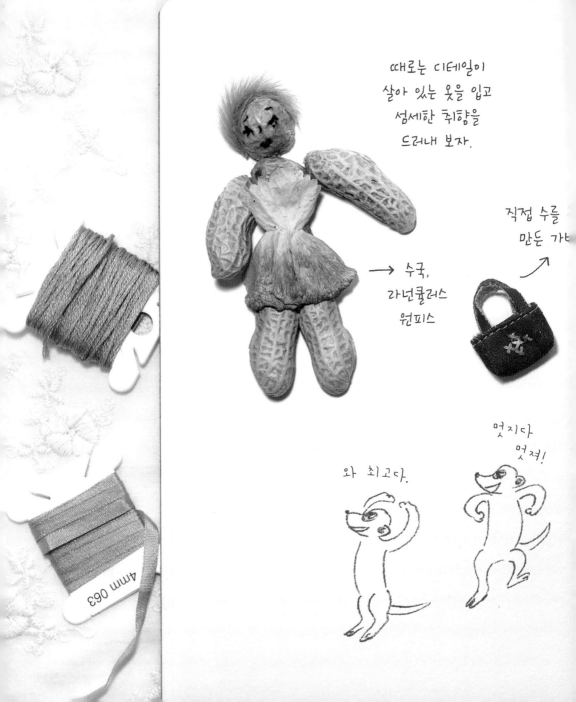

때로는 디테일이
살아 있는 옷을 입고
섬세한 취향을
드러내 보자.

→ 수국,
라넌큘러스
원피스

직접 수를
만든 가방

와 최고다.

멋지다
멋져!

4mm 063

정교한 무늬의
유자 씨앗 소매가 예쁜
카네이션 꽃받침 원피스

하트 모양의
냉이 씨앗 장식이
돋보이는 바지

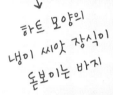

스타티스
코르사주가 달린
장미 블라우스

프리지아 시폰 스커트

그렇게 의상실을 찾아온 그녀의 반전 매력이 나는 몹시도 사랑스러웠다.
겉으로 보이는 만능 체육인 아령 씨도 아령 씨의 일부분이고, 자수를 좋아하는
섬세한 아령 씨도 그의 또 다른 부분이다. 속으로만 꽁꽁 숨겨 둔다면 누가 자신의
이모저모를 알아준단 말인가.
때로는 자신의 취향을 잘 드러내는 옷을 입고 숨겨진 면모를 뽐내 보자. 변화에는
용기가 필요한 법. 어렵다면 처음에는 자수를 놓은 가방 같은 작은 소품에서부터
시작해 보자.
차차 무늬가 예쁜 바지, 시폰 소재의 치마, 코르사주 장식이 달린 블라우스 등 하나씩
시도해 본다. 의외로 스포티한 패션에 얹어지는 페미닌한 아이템들은 무척 세련된
느낌을 준다. 망사 레이스 스커트에 운동화처럼 말이다.

선물해 줄
사람이
너무 많네!

주문자	희로	나이	6세
고민	슈퍼 히어로에 심하게 빠져 있음		
의상명	끝까지 가 보는 거야, 망토		

※ 의상실 소개해 준 사람

극장에 혼자 영화 보러 온
옆자리 아저씨

못 말리는 희로

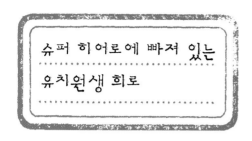

희로는 여섯 살 유치원생이다. 보통 그 또래 아이들은 공주나 요정, 로봇이나 자동차,
공룡 등 관심사가 주기적으로 바뀌고 다양한 반면 희로는 오직 슈퍼 히어로에만
줄기차게 빠져 있다.

아이언맨이 어떻고 토르가 어떻고 헐크가 어떻고 아침에 일어나서 잠자리에 들 때까지
온통 영웅들 이야기뿐이다. 슈퍼 히어로 영화는 보고 또 봐도 질리지도 않는가 보다.
뭐가 그리 좋으냐 물으면 그저 멋있단다. 처음에는 영화 속 영웅들의 별별 시시콜콜한
것까지도 줄줄 꿰는 자식의 영특함이 귀엽고 대견하기만 했는데 희로의 엄마 아빠는
슬슬 걱정되기 시작했다. 한창 다양한 것들을 보고 받아들일 때인데 너무 한 가지만
좋아해도 괜찮을까 염려가 되었다.

그러던 중에 역시나 희로가 손꼽아 기다리던 새로운 슈퍼 히어로 영화가 개봉했고
가족은 어김없이 극장으로 출동했다.

희로의 옆자리에는 혼자 온 청년이 요란스레 팝콘을 먹고 있었다. 영웅들이 소멸될
때에는 희로와 쌍으로 훌쩍대기도 했다. 참 별나다 싶어 희로 엄마가 슬쩍 쳐다보자
청년은 손등으로 쓱 눈물을 훔치더니 주머니에서 뭔가를 뒤적뒤적 꺼내 내밀었다.
환한 스크린 불빛에 비춰 본 축축한 명함에는 <의상실-패션 고민, 몸매 고민, 각종
고민 상담 환영>이라고 적혀 있었다.

보자기

슈퍼맨~

토르다!
콰광!

뿅망치

머리띠

배트맨~

쿠오오오!
헐크다~

물감칠

아이언맨~

장갑에 병뚜껑

우리는
슈퍼 미어캣

펄럭~

와~ 신난다!

유칼립투스잎
망토

미선나무 씨앗
망토

수레국화 꽃받침
망토

신나무 씨앗
망토

못된 놈!
내가 혼내 주겠다.

도와줘요!
보자기맨!

영웅 놀이를 하면
실감나게
장단 맞춰 준다.

슝

보자기

장갑

엄마를 따라 의상실에 온 희로에게 나는 히어로 망토를 종류별로 여러 개 만들어
주었다. 그리고 희로가 제일 좋아하는 영웅이 누군지 자세히 듣고 같이 그림도
그렸다. 희로 엄마에게는 아무 걱정 말라고 했다. 희로는 지극히 건강한 지적 활동을
할 뿐이라고, 어떤 한 가지에 애정을 갖고 깊이 파고드는 열정은 아무나 가질 수 없는
건데, 그런 사람만이 해낼 수 있는 일들이 많아지는 세상이라고 말이다. 그렇게 일단
끝까지 가야 하는 사람은 끝까지 가 보아야 다른 걸 할 수 있는 거라고도 말해 주었다.
1년 뒤, 희로 엄마는 햄스터 케이지 앞에서 활짝 웃고 있는 희로 사진을 보내왔다. 이제
영웅 놀이는 할 만큼 한 것 같다며.

주문자	박봉봉	나이	34세
고민	안 그렇게 생겨서 가스 배출이 잦아 고민		
의상명	피할 수 없다면 즐기자, 통바지		

※의상실 소개해 준 사람
- - - - - - - - - - - - - - - -

해맑은 봉봉 씨

카페 옆자리에서
글 쓰던 아저씨

스컹크 같은 그녀 박봉봉 씨

봉봉 씨는 3년간의 열애 끝에 작년에 결혼했다. 합정동 근처 작은 신혼집에 작업실을
두고 프리랜서로 편집 일을 하고 있다.

그러나 한창 달콤한 신혼인 그녀에게는 작은 고민이 있다. 사실 그녀는 엄청난
방귀쟁이다. 그녀의 남편 김붕붕 씨는 그걸 아직 모른다. 남편이 출근하고 나면
그야말로 그녀만의 세상이어서 집안일을 할 때나 간간이 들어오는 편집 일을
할 때나 불편할 것이 없다. 그러나 남편이 퇴근하면 그녀는 똥 마려운 강아지처럼 자꾸
발코니로 나간다든지 화장실을 들락거린다든지 해야 했다. 3년이나 연애를 했는데도
남편이 너무 좋아서 방귀쟁이인 걸 들키는 것이 죽기보다 싫어서다. 남편이 곰같이
무딘 사람이기에 망정이지 예민한 사람 같았으면 진작에 눈치챘을 것이다.

박봉봉 씨는 기분 전환으로 글 쓸 때 종종 가는 카페가 있는데 입이 크고 눈이 유난히
튀어나온 아저씨가 언제부턴가 옆자리에 자주 보였다. 출판사에서 전화가 와서
이것저것 새로운 일에 관한 이야기를 나눴는데, 전화를 끊고 나니 그가 조심스레
말을 걸어왔다.

"저기요, 글 쓰시는 전문가 같은데 죄송하지만 제 원고를 읽어 봐 주시겠습니까?"
간절한 눈빛에 얼결에 받아 든 원고는 지극히 평범한 일기글이어서 뭐라 말해 줘야
할지 망설여졌다.

다른 사람의 작품을 좀 더 읽고 글을 계속 많이 써 보라는 원론적인 이야기밖에는
할 수가 없었다. 다만 습작으로 이 정도의 분량을 써낸 것을 보면 뭔가 근성이
느껴진다고, 좋아하는 분야를 파고들어 공부를 해 보는 것도 좋은 소설의 재료가
될 수 있겠다고 나름 성의껏 이야기해 주었다.

이야기하는 내내 자꾸만 먼 산을 바라보면서 튀어나온 눈을 끔벅대던 그는 봉봉 씨가
말을 끝내기가 무섭게 인사를 하는 둥 마는 둥 부리나케 테이블 위의 원고를 챙겨서
일어나더니 훌쩍 나가 버렸다.

봉봉 씨는 어이가 없었다. 그가 떠난 테이블 위에는 명함이 하나 놓여 있었다. 그렇게
그녀는 의상실을 찾아왔다.

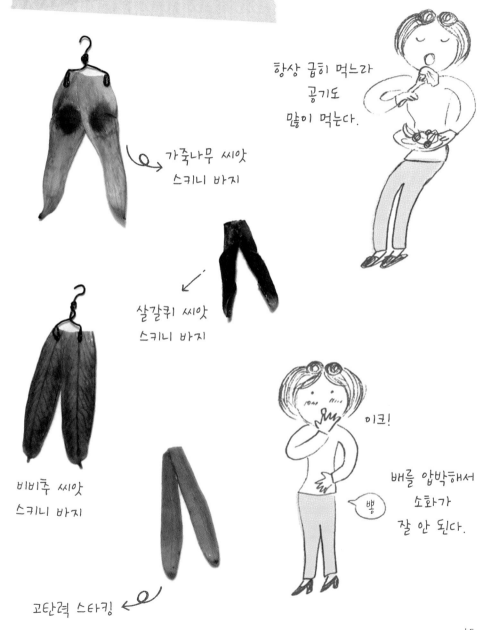

항상 급히 먹느라
공기도
많이 먹는다.

가죽나무 씨앗
스키니 바지

살갈퀴 씨앗
스키니 바지

비비추 씨앗
스키니 바지

이크!

뿅

배를 압박해서
소화가
잘 안 된다.

고탄력 스타킹

45

통기성이 좋은
통바지를 권한다.
주머니에 소리 나는
무언가를
꼭 넣어 다닐 것!

빵옹~

짤랑~

부시럭~

아무도 없을 때는 리듬을 즐긴다~

뿡

북북

통 넓은 바지를
많이 만들어 주었다.

카네이션 꽃받침
칠부바지

회양목잎
스타티스 레이스
볼록 바지

얇고 시원한
장미 꽃잎 바지

나는 일단 그녀에게 너무 크게 입을 벌려 웃는다든지, 뭔가를 먹을 때 허겁지겁
공기와 함께 빨리 먹는지 물었다. 그런 것들도 조심할 필요가 있다. 다음엔 그녀의
옷차림을 살폈는데 스키니 진을 입고 있었다. 평소에도 스키니 진을 좋아하느냐고
물었더니 그렇다고 했다. 배를 너무 압박해서 소화가 잘 안 되는 것, 변비가 있는 것도
문제인 것 같았다. 나는 배를 좀 편하게 해 주기 위해 통기성 좋은 천으로 품이 넉넉한
소시지 바지를 만들어 주었다. 남편에게 그렇게도 부끄럽다면 만약의 경우를 대비해
주머니에 소리 나는 무엇인가를 넣어 두라고도 했다.

그녀는 소시지 바지를 보고 처음에는 자기 스타일이 아니라며 망설였지만
한번 입어 보더니 그 편안함에 매우 흡족해했다. 나는 스타일은 몸의 필요에 의해
변할 수도 있는 것이라고 말해 주었다. 자신을 편안하게 담을 수 있는 옷이야말로
진짜 자신의 스타일이라며.
얼마 후 봉봉 씨는 충격적인 소식을 전해 왔다. 곰 같은 그녀의 남편이 봉봉 씨가
방귀쟁이라는 사실을 이미 다 알고 있었다고, 사실은 자기도 그렇다며 자기가 괜히
김붕붕이 아니라고 말했다는 것이다.
나는 이 어울리는 한 쌍이 영원히 행복하기를 빌었다.

주문자	민동 씨	나이	45세
고민	머리가 점점 훤해지는 것이 고민		
의상명	머리숱 따위에 지지 않아, 자신감 회복 모자		

※ 의상실 소개해 준 사람
- - - - - - - - - - - - - -

예민해진 민동 씨

민동 씨가 운영하는
동양화 교실 강습생

머리숱이 고민인 동양화가 민동 씨

자신의 외모에 민감한 화가 민동 씨는 삼십 대 초반 이른 나이에 탈모가 시작돼
애를 태우더니 사십 대 중반에 들어서는 누가 봐도 역력한 M 자 탈모가 되었다.
머리숱이 적은 그가 미용실에 자주 갈 일이 없을 거라고 생각한다면 그건 오산이다.
민동 씨는 주기적으로 미용실에 가서 두피 마사지를 받는다. 그뿐이 아니다.
미용실에서 탈모에 좋다는 샴푸, 두피 에센스 등을 권하기라도 하면 지푸라기라도
잡는 심정으로 덜컥 사곤 한다. 탈모 클리닉에 안 가 본 것도 아니다. 그러나 뭘 해도
나아지는 기미가 없었다. 그러다 보니 요즘은 항상 예민한 상태가 되어서 누군가와
머리를 아주 살짝 스치기만 해도 짜증이 솟구쳐 올랐다.
민동 씨는 백화점 문화센터에서 사군자반, 문인화반을 가르치는데 그날은
새로 들어온 강습생에게 난 치는 시범을 보이는 중이었다. 나이 지긋한 남자
강습생이었는데 어찌나 말귀를 못 알아듣는지 며칠째 아무리 똑같은 시범을 보여도
소용이 없었다. 선생으로서 한계를 느끼는 참이었는데 어디선가 날아든 파리
한 마리가 성가시게 눈앞에서 윙윙거렸다. 그때까지도 망친 그림을 꿈벅꿈벅 말없이
들여다보던 수강생의 눈에서 번쩍하고 빛이 났다. 그 순간 민동 씨의 정수리에서도
번쩍 불이 났다. 수강생이 민동 씨 머리에 내려앉은 파리를 때려잡은 것이다.
"여기서 당장 나가시오!"
민동 씨는 폭발했고 안절부절못하던 강습생은 앞치마를 휙 벗어 던지고 화실 밖으로
뛰쳐나갔다. 민동 씨는 떨어뜨린 붓에서 번지는 물감을 바라보며 자신의 예민함에
스스로 놀라서 어쩔 줄 몰라 멍하니 서 있었다.
그는 듬성듬성한 정수리를 북북 긁다 뛰쳐나간 강습생이 벗어 놓은 앞치마 주머니에서
비죽 비어져 나온 명함 하나를 발견했다.
〈의상실- 패션 고민, 외모 고민, 인생 고민, 각종 고민 해결〉

빗질이
늘 조심스럽다.

이별은
언제나 힘들다.

가지 마. 엉엉~

울지 마요.

울지 마

베개도 울고

수건도 울고

에그~ 진작 쓸걸.

모자 쓰니까
확 달라지네!

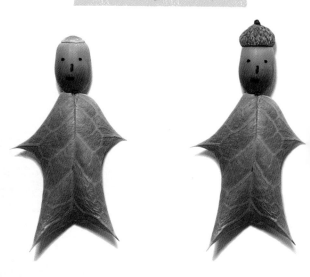

※ 주의: 도토리같아 보일 수 있음.

♠ 민둥 씨를 위한 다양한 모자 ♠

갈참나무 모자

신갈나무 모자

굴참나무 모자

감꽃 모자

졸참나무 모자

때죽나무 씨앗
꼭지 모자

그렇게 의상실에 찾아온 민동 씨에게, 나는 머리숱이 적어지는 것은 속상한 일이지만 한편으론 스타일링만 잘하면 시크해 보일 수 있다고 알려 주었다. 일단 삭발이 어색하지만 않다면 민머리를 해 보라고 했다. 그러면 옷을 조금만 심플하게 입어도 굉장히 멋져 보인다. 거기에 모자를 빼놓을 수 없다. 비니라든지, 귀여운 털모자라든지, 뭘 써도 폼이 나기 마련.

검은 터틀넥 스웨터에 청바지를 입고 비니를 쓴 민동 씨는 더 이상 고리타분해 보이는 아저씨가 아니었다. 마음마저도 넉넉해진 민동 씨는 낯선 아주머니가 다가와 뜬금없이 합장을 해도 자애로운 미소를 지으며 마주 합장을 해 보이는 여유로움마저 갖게 되었다.

주문자	김공주	나이	24세
고민	사람들이 자꾸 공주병이라고 해서 속상함		
의상명	마음마저 공주처럼 예뻐지는 옷		

※ 의상실 소개해 준 사람
- - - - - - - - - - - - - - -

누가 봐도 귀여운
공주 씨

손가락이 동글납작한
택시 기사 아저씨

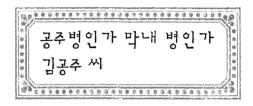

공주병인가 막내병인가
김공주 씨

미대를 갓 졸업하고 문구 회사 디자이너로 입사한 공주 씨는 체구도 작고 애교도 많아 누구나 막냇동생처럼 귀여워하고 챙겨 주고 싶게 만드는 사람이다.

일은 열심히 하지만 결정적으로 어리바리해서 실수가 잦은 것이 문제다. 시장 조사 나가서 힘들게 구입한 샘플이 든 가방을 지하철에 두고 내린다든가, 중요한 프레젠테이션 자료가 담긴 유에스비를 집에 두고 온다든가, 자신이 추출한 모카 포트의 진한 에스프레소 맛을 보여 주겠다며 탕비실 인덕션 레인지에서 커피를 끓이다 모카 포트가 폭발해 커피 가루 아수라장을 만든다든가 등등. 그런데 신기하게도 "아이 어떡해, 어쩜 좋아." 하는 그녀 옆에는 늘 그녀를 돕는 언니, 오빠 들이 있다.

"괜찮아, 괜찮아, 어디 보자." 하며 도와주는 이들 덕분에 그녀는 불쌍한 고양이 표정만 지어도 그냥저냥 사건 사고가 마무리되었다. 그러나 그런 그녀를 모두 귀엽게 보는 것만은 아니었다.

어느 날 공주 씨는 회사 화장실에서 은밀한 수다를 엿듣게 되었다.

"김공주는 도대체 언제까지 막내야. 맨날 오냐오냐해 주니까 불쌍한 표정으로 어머 어떡해, 어쩜 좋아…… 하면서 사고나 치고, 이름도 공주에 옷도 맨날 샬랄라에. 지가 진짜 공주인 줄 착각하나 봐."

"세상에 그렇게 얼빵한 공주가 어딨어. 킥킥."

공주 씨는 그날 너무 충격을 받아서 집에 어떻게 왔는지도 생각이 안 날 지경이었다. 택시 기사 아저씨가 카드 영수증과 함께 무슨 의상실 명함을 줬는데, 손가락이 유난히 동글납작했다는 것만 생각났다.

공주 씨는 역시나 공주풍 옷이 많다.

프리지아 원피스

천일홍 치마

장미 원피스

미미 공주

미자 공주

장미 구두

샤랄라~

공주 씨는 역시
공주 패션이
어울려!

끄덕 끄덕

내 말이!

수국 원단

라넌큘러스 시폰 원단

개망초
꽃받침 단추

미국자리공
씨앗 단추

타래붓꽃
라넌큘러스
원피스

밤새 한숨도 못 잔 공주 씨는 토요일 아침 퉁퉁 부은 얼굴로 나를 찾아왔다.
나는 공주 씨에게 따뜻한 유기농 유자차를 한잔 건넸다. 공주 씨는 유자차를
한 모금씩 마시며 찻잔을 말끄러미 바라보다가 비 맞은 고양이 같은 표정으로
"공주 같은 샬랄라 패션이 문제일까요?" 하고 물었다.

'내가 조금 실수해도 누군가 도와주겠지. 나의 어리바리하고 사차원 같은 면이
다들 귀엽다고 하잖아. 나는 아직 제일 막내인데 뭘.' 혹시 이런 생각을 한 적은 없는지
나는 대답 대신 조심스레 물었다. 되풀이되는 실수는 귀엽지도 않고 주변을
피곤하게만 할 뿐이라고, 조금 더 세게 말했더니 공주 씨는 휴지를 뽑아 들고
눈물을 콕콕 찍어 냈다.
공주 씨는 사람들이 자기를 챙겨 줄 때 관심받는 것 같아 좋았다면서 이제는 진짜
어른이 되어 보겠다고 살짝 웃었다.
나는 공주 씨를 꼭 안아 주었다. 그리고 공주풍 옷이 무척 잘 어울리는데 옷이 무슨
잘못이겠냐고, 굳이 취향을 바꿀 필요는 없다 하고는 연보라색의 빛깔 고운 원피스를
만들어 주었다.

엄벙대지 말고
실수하지 말고
꼭 메모하자!

주문자	강달구		나이	32세
고민	멸치남이라고 불리는 것이 너무 싫음			
의상명	레이어드로 몸을 부풀려 주는 옷			

※ 의상실 소개해 준 사람

아침 운동 길에 공원에서
자주 만나는 약수 할아버지

운동에 참 열심인
달구 씨

운동을 해도 잔근육조차 생기지 않는 멸치남 강달구 씨

달구 씨는 대학에서 사진을 공부하고 지금은 웨딩 사진 스튜디오를 운영하는 선배를
돕고 있다. 일은 재미있지만 문제는 달구 씨의 체력이다. 몸무게가 50킬로그램 대로
지나치게 말라서인지 촬영을 하다가도 쉽게 지치곤 했다. 달구 씨는 헬스 트레이닝으로
체력을 단련해야겠다 마음먹은 후 동네 헬스장에 등록해 날마다 꾸준히 운동을 했다.
체력은 많이 좋아져서 운동한 보람이 있었는데 이상하게 근육이 통 붙지를 않았다.
헬스장에서 자주 보는 아령 씬가는 여자인데도 어찌나 근육이 탄탄한지 멋있고도
부러웠다. 아령 씨가 친하게 지내는 또래 헬스 트레이너에게 직접 수놓아서 만든
파우치를 선물하며 수줍게 웃는 모습을 우연히 보고는 더 맘에 담아 두게 되었다.

아침 운동을 끝내고 출근하기 전 근처 식당에서 국밥을 한 그릇 먹는데
식당 아주머니가 반찬을 더 주면서 "아유, 총각. 멸치 많이 먹어. 그래야 멸치
탈출하지." 했다.
무안한 마음에 고개를 숙이고 부지런히 입에 밥을 퍼 넣고 있는데, 옆자리에서 뉴스를
보며 혼자 국밥을 먹던 눈이 툭 튀어나온 할아버지가 일어나 달구 씨 어깨에 손을 탁
올렸다. 그러고는 "이 총각 것도 같이 계산해 주슈." 하며 만 원짜리 한 장을 휙 내고는
홀연히 사라졌다.
"저기요 어르신!" 하고 일어서다 말고 보니 국밥 그릇 옆에 명함이 한 장 있었다고 한다.

끙차~

근육이 안 생겨도
건강해지면 된 거지.

헛둘헛둘~

끙끙

멸치남에게는
일자 핏의
청바지가 진리

반하겠네
반하겠어!

어머, 어쩜!

볼륨이 점점 커진다.

가랑비 오는 가을날, 우산이 없었는지 비를 맞고 온 달구 씨는 의상실에 들어오자마자
왜소해 보이는 마른 체형을 커버할 방법이 없겠느냐고 말하며 몸을 달달 떨었다.
나는 마른 이들의 장점은 아무리 많이 겹쳐 입어도 과해 보이지 않는 점이라고 말해
주었다. 라운드 티를 입고 체크 셔츠를 입은 후에 단색 셔츠를 하나 더 입고 자켓을
입는다든지 말이다. 레이어드해서 넉넉해진 상의에 가장 잘 어울리는 하의 아이템은
청바지다. 이렇게 패션 센스를 잘 활용한다면 단점은 더 이상 단점이 아니게 된다.

나는 마른 사람들에게서 풍기는 민첩하고 예민한 분위기가 얼마나 매력적인지도
넌지시 알려 주었다. 시간이 지나 마음이 열려 털어놓은 달구 씨의 짝사랑 상대가
놀랍게도 아령 씨인 것을 알았지만 굳이 알은체하지 않았다. 짝사랑으로 끝날지
달구 씨가 용기를 낼지는 지켜볼 일이지만 달구 씨의 매력을 아령 씨가 발견해 주기를
나는 그저 묵묵히 응원할 뿐이다.

장미 봉오리

수수꽃다리 씨앗

중국 단풍

말냉

유칼립투스잎

미국자리공

도꼬마리

졸참나무 도토리

매벌

복자기 씨앗

호랑가시나무

비비추 씨앗

개복숭아

여주 씨앗

붓꽃 씨앗

애기부들

금계국

맨드라미

산수유

범부채 씨앗

작가의 말

♠

도시에 사는 사람들 중에 꽃도 신록도 단풍도 사라진 겨울 숲의 식물들이 얼마나 아름다운지 아는 이는 많지 않을 것이다. 그러나 천천히 걸으며 자세히 들여다보기 좋아하는 나는 겨울 숲이 지닌 보물 같은 아름다움을 익히 알고 있다. 잎을 떨군 앙상한 나무들과 마른풀들을 자세히 보면 꽃이 지고 할 일을 다한 갈색 꽃받침이 앙증맞게 줄기 끝에서 빛나고 있고, 씨앗을 모두 떨궈 내고 남은 빈 씨앗 꼬투리가 기가 막히게 균형 잡힌 모양으로 나뭇가지에 매달려 있다.

여름에 피어서 다음 해 봄, 새 꽃이 필 때까지 연한 갈색으로 마른 꽃의 모양을 그대로 지닌 채 겨울 숲을 장식하고 있는 나무수국은 아름답다 못해 감동스럽기까지 하다.

나는 오랜 기간 채집하고 모아 온 식물 재료들을 작업실 벽에 매달아 두거나 투명한 격자 모양 칸막이 상자에 담아 잘 보이도록 정리해 두고 있다. 식물 콜라주 작업 방식을 좋아하는 나에게 작업실의 식물 재료들은 중요한 영감의 원천이 되곤 한다.

나는 종종 가만히 씨앗들을 들여다보면서 너는 무엇이 되고 싶으냐고 묻고는 한다. 모양이 정해져 있는 마른 열매, 씨앗 들은 이미 자신의 이야기를 품고 있어서, 나는 그들의 이야기를 발견하고 찾아내는 역할을 할 뿐이다.

『믿기 어렵겠지만, 엘비스 의상실』에서부터 씨앗 사람들이 등장하는 『엘비스 의상실의 수상한 손님들』까지, 2년여에 걸친 길고도 흥미진진했던 이 작업 여정은 작디작은 졸참나무 도토리와 호랑가시나무잎으로 만들어진 씨앗 인형에서 시작되었다. 무심코 작업 책상 위에 놓여 있던, 팔 벌린 사람처럼 생긴 호랑가시나무잎에 작고 길쭉한 졸참나무 도토리를 붙이고 소심해 보이는 표정을 그려 넣었다. 거기에 도토리 뚜껑을 떼었다 붙였다 해 보니 뭔가 사연을 지닌 뚱한 남자의 모습이었다.

그때부터 나의 씨앗 인형 놀이가 시작되었다. 기다란 소시지 모양의 애기부들꽃에 범부채 씨앗 꼬투리를 얹어 얼굴을 만드니 허리가 길어서 고민인 키다리 남자가 되었다. 씨앗으로 이런저런 인형들을 만들다 보니까 그 생김새에 따라 재미있는 이야기도 덩달아 생겨났다.

씨앗 사람들은 엉뚱한 생김새만큼이나 하나같이 외모 고민들을 가지고 있었는데 이들의 고민을 듣고 해결해 줄 누군가가 필요했다. 숲속 재봉사가 숲속에 의상실을 열었다면 이번에는 그 동생이 도시에서 의상실을 연다면 어떨까 생각했다. 그리고 그녀가 셰어하우스로 들어간 집의 주인이 개구리라면? 씨앗 사람들도 있는 마당에 개구리 집주인인들 뭐가 대수인가. 개구리 씨는 세상에 나가 이런저런 일을 겪으며 그때마다 누군가를 만난다. 그들이 바로 이번 이야기의 주인공인 씨앗 사람들이다. 사실 개구리 씨가 하는 일은 모두 씨앗 사람들이 정해 주었다. 예를 들어 춤추는 모습의 플라타너스 씨앗 소년(병중이) 때문에 개구리 씨는 힙합 청년이 되었고, 졸참나무 도토리 아저씨(민동 씨)는 동양화 교실 선생님이라 개구리 씨는 동양화 교실 수강생이 되는 식으로.

나는 그들과 만나게 될 개구리 씨의 나이와 하는 일 역시 정해서 씨앗 사람들과 연결했다. 씨실 날실을 짜듯 정교하게 엮는 것은 쉽지 않은 일이었다. 그래서 이 책은 『믿기 어렵겠지만, 엘비스 의상실』을 모른 채 읽어도 좋지만 그 책과 같이 보면서 주연에서 조연으로 자리를 바꿔 등장하는 개구리 씨와 씨앗 사람들을 찾아보고 비교해 보면 훨씬 더 재미있을 것이다.

나는 이 책에 지금 이 시대를 살아가는 사람들의 고민들을 함께 담아 보려고 애썼다.
엘비스 의상실의 패션 처방은 엉뚱한 농담처럼 장난스럽지만 사실 그 안에는 자신의 지금 모습 그대로를 사랑해 주길 바라는 격려와 응원을 담고 있다. 그러잖아도 세상살이에 부대껴 고단한 이들에게 작은 웃음과 따뜻한 포옹이 전해지기를 바란다.
더불어 모두가 대수롭지 않게 여기며 스쳐 지나가는 씨앗, 나뭇잎, 열매, 심지어 멸치까지도 애정을 가지고 손길을 더한다면 특별한 무엇이 될 수 있음을 전하고 싶다.

거기, 그곳에서 기다리고 있다. 여러분이 발견해 주길 바라는 보물 같은 어떤 것들이. 여러분의 손길을 만나 특별하게 태어나고 싶은 어떤 것들이. 그것을 발견해 내는 밝은 눈을 갖게 되기를, 시시한 것으로 세상에 없는 멋진 것을 만들어 내는 부지런한 손을 갖게 되기를 이 책을 통해 빌어 본다.
엘비스 의상실 작업을 하느라 지금까지 몹시도 치열한 시간을 보냈다. 투명한 매미 껍질처럼 소진하고 텅 비어서 얼마간 다시 채우는 시간이 필요할 듯싶다. 숲을 거닐고 책을 읽고 다정한 이들을 만나 웃으며 다시 속을 채워야겠다.

최향랑

숲속 재봉사이자 엘비스 의상실 수석 디자이너. 꽃잎, 나뭇잎, 씨앗을 모으고 말려 콜라주 작업하는
일, 이것저것 그리고 오리고 붙이고 꿰매고 뜨개질하는 일 등 손을 움직여 하는 모든 공예 작업을
좋아한다. 정밀한 감도를 지닌 빠른 손끝과 남달리 밝은 눈으로 주변에서 흔히 만날 수 있는
자연물들을 책 속으로 옮겨 와 특별한 존재로 만든다.『믿기 어렵겠지만, 엘비스 의상실』로
독자들에게 소소한 행복과 자기 손으로 뭔가 만들어 보고 싶은 예술혼을 불어넣은 작가가
이번에는『엘비스 의상실의 수상한 손님들』을 선보인다. 엘비스 의상실을 찾아온 손님들의
패션 고민, 몸매 고민, 인생 고민과 엘비스 의상실의 맞춤 처방을 작가의 다양한 콜라주와 직접
찍은 사진으로 담아냈다.